*I Quaderni del Circolo*

LA PICCOLA PRINCIPESSA

# ILSEA

DA UN RACCONTO TEDESCO PER

P. J. STAHL

ILLUSTRAZIONI DI FROMENT

RIEDIZIONE A CURA DI
SERGIO FUMICH E MARIO GAZZOLA

**ANDREANI**
CIRCOLO CULTURALE ANTICONFORMISTA
BREMBIO

*L'attività editoriale del Circolo Culturale Anticonformista "Andreani" è particolarmente diretta al recupero di vecchie pubblicazioni che sono state parte della cultura locale nell'Ottocento e nel primo Novecento. Con la pubblicazione dei* Quaderni *il Circolo intende adempiere ai suoi scopi statutari che indicano come primo obiettivo il recupero e la valorizzazione della cultura locale nelle varie forme ed aspetti con cui nel tempo si è manifestata, la storia e le tradizioni della civiltà agricola che nelle diverse epoche ha arricchito il territorio, la storia della gente di Brembio e dei suoi legami con il circostante territorio lodigiano, con l'altra gente lombarda ed in generale con le vicende nazionali.*

LA PICCOLA PRINCIPESSA ILSEA

*Riedizione a cura di Sergio Fumich*
*con la supervisione di Mario Gazzola*

*Prima edizione nei Quaderni: Ottobre 2012*

ISBN 978-1-291-09803-7

Circolo Culturale Anticonformista "Andreani"
Brembio

## Nota Introduttiva

"La Piccola Principessa Ilsea" è uno dei libri ritrovati tra quanto si è salvato della biblioteca delle sorelle Caterina e Maria Zanoni, che sono vissute a Brembio dagli anni Trenta fino alla loro morte, nella casa di Via Monte Grappa 60. Le sorelle Zanoni erano originarie di Vittadone, frazione di Casalpusterlengo, dove oggi sono sepolte nel locale cimitero.

L'edizione del libro che viene qui riproposta è l'edizione italiana del 1882 per i tipi di Gio. Gnocchi Editore, che fu stampata a Milano dalla Tipografia Milanese C. A. Giuliani di Piazza Genova 6.

"L'istoria di questa leggenda è essa stessa una specie di leggenda, scriveva P. J. Stahl nell'*Avvertenza* che precede il racconto. L'autore di questo gentile poema è una giovinetta; se l'aveste letto non ci sarebbe bisogno di dirlo, perché è solo un'anima verginale che può creare una cosa così candida e pura. Ma il nome che portava sulla terra la cara anima che creò questo racconto, l'ho chiesto invano alla Germania, sua patria". P. J. Stahl è lo pseudonimo con cui l'editore Pierre-Jules Hetzel era conosciuto come scrittore.

Nato a Chartres il 15 gennaio 1814, Hetzel morì a Monte Carlo il 17 marzo 1886. Jean-Jacques, suo padre, discendente da una vecchia famiglia alsaziana di Strasburgo, era mastro sellaio del 1° Reggimento di lancieri di stanza nella città; sua madre, Louise Chevallier, era ostetrica all'Hôtel-Dieu. Nel 1852 Hetzel si sposò con Catherine Sophie Quirin Fischer, e riconobbe i due figli: Marie-Julie, nata nel 1840, e Louis-Jules, nato nel 1847, che dopo gli studi scientifici si unirà al padre e gli succederà nella conduzione della casa editrice nel 1884 e la venderà a Hachette nel 1914.

Fondò la sua casa editrice nel 1837. Il primo grande successo di Hetzel come editore fu l'opera "Scènes de la vie privée et publique des animaux. Etudes de moeurs contemporains", che realizzò nel 1839-1840 con la partecipazione di grandi scrittori come Honoré de Balzac, George Sand, Charles Nodier, Louis Viardot e le illustrazioni del disegnatore Grandville. Egli stesso vi contribuì, usando lo pseudonimo P. J. Stahl, con il racconto "Éducation d'une chatte française", in risposta a quello di Balzac "Peines de cœur d'une chatte anglaise". Nel 1843 fondò il "Nouveau magasin des enfants", le firme furono Charles Nodier, Tony Johannot, Alexandre Dumas, George Sand, Musset, e per le illustrazioni, Bertall e Gavarni.

Nel 1848, Hetzel, fervente repubblicano, fu capogabinetto dell'allora ministro per gli Affari esteri, Alphonse de Lamartine e successivamente per il ministro della Marina. Dopo il colpo di stato del 2 dicembre 1851, che diede vita al Secondo Impero, andò in esilio in Belgio, da dove continuò l'attività politica e quella editoriale pubblicando clandestinamente il pamphlet di Victor Hugo "Les Châtiments". Ritornò in Francia quando si allentò la stretta repressiva del regime di Napoleone III; pubblicò Pierre-Joseph Proudhon e sostenne Baudelaire. Sua è in quegli anni un'edizione notevole delle favole di Charles Perrault illustrata da Gustave Doré. Creò la "Bibliothèque illustrée des Familles", che nel 1864 divenne "Le Magasin d'éducation et de récréation". Il progetto di Hetzel, cui partecipò Jean Macé, si proponeva di far collaborare scienziati, scrittori ed illustratori nella creazione di opere educative in cui conciliare il sapere scientifico e la narrativa, mettendo la fantasia al servizio della pedagogia; un progetto ben arduo nell'epoca del positivismo. Esempio ne sono le edizioni dei "Voyages extraordinaires" di Jules Verne, che ebbero grande successo. Ma altri titoli si possono citare come la "Histoire d'une bouchée de pain" di Jean Macé o la "Histoire du Ciel" di Camille Flammarion. Con la "Histoire d'un ruisseau", che compare nella collana nel 1869, incominciò la collaborazione con Elisée Reclus, ritenuto uno dei più importanti geografi europei del XIX secolo, che fu uno dei "padri fondatori" dell'anarchismo: assieme a Michail Bakunin e fra i più celebri esponenti della componente antiautoritaria della Prima Internazionale che fondò il movimento anarchico organizzato, separandosi dai marxisti con il congresso di Saint-Imier del 1872. Alla "Histoire d'un ruisseau" doveva poi seguire la sua seconda parte, la "Histoire d'une montagne". I due libri di Reclus, come scrive Federico Ferretti[1], sono opere didattiche e divulgative ma esprimono anche, secondo Claude Raffestin, concetti scientifici centrali nella produzione geografica dell'autore. «I due libri, il Ruscello e la Montagna, mi sembrano essere un'introduzione alla filosofia naturale e nello stesso tempo un'introduzione a una geografia generale». Nel primo troviamo l'idea dello studio unitario del bacino idrografico nei suoi vari livelli e il parallelo fra questi e le varie fasi della storia umana. Riporto questa osservazione perché, come si realizzerà dopo la lettura del racconto di Ilsée (Ilsea), è evidente l'influenza delle idee di Reclus. Nella "Montagne", continua Ferretti, saranno ripresi questi concetti, nell'ambito della "riscoperta scientifica" della montagna europea e della sua natura di rifugio di minoranze e popoli che avevano conservato una relativa libertà. Entrambi i libri sono un esempio della strategia reclusiana, scientifica

---

[1] Cfr. Federico Ferretti, *Elisée Reclus e Pierre-Jules Hetzel. La corrispondenza tra l'anarchico e l'editore (1867-1881)* in "Storicamente" 5 (2009).

ma anche politica, di includere nella geografia lo studio degli aspetti storici e sociali del territorio; si collegano anche all'attivo impegno di Reclus nell'ambito della "pedagogia libertaria", alla quale si dedicano fra XIX e XX secolo alcuni degli intellettuali più in vista del movimento anarchico europeo.

Due parole anche sull'illustratore del libro di Ilsée (Ilsea), Eugène Froment. Francese, disegnatore ed incisore su legno, nato nel 1844 e morto nel 1900, si dedicò soprattutto alla incisione di illustrazione, in un momento in cui si riconosce sempre di più il suo valore strategico dal punto di vista del successo di pubblico di un libro, ottenendo diversi riconoscimenti.

L'ambientazione della favola della Princesse Ilsée sono i luoghi bellissimi e romantici dei monti dell'Harz nel Nord della Germania, del Broken e del suo più alto dirupo, l'Ilsenstein, che diedero corpo a tante saghe e fiabe della letteratura tedesca. Come non ricordare il Faust di Goethe che ha reso famosissima quella mon-

tagna dove regna Urian, il Demonio, e dove nella notte tra il 30 aprile e il 1° maggio, la Walpurgisnacht, dedicata a Santa Valpurga, in odio a lei, simbolo di purezza, si radunano le streghe per celebrarvi la festa pagana dell'amore sensuale, della lussuria. O ancora, che nel grande bosco dell'Ilsenstein, che tanta parte ha nella favola di Hetzel nel proteggere la piccola Ilsea dal demonio, ha luogo la vicenda di Hansel e di Gretel e della terribile strega Knusperhexe che si nutre di bambini.

Ecco, forse l'incredibile, la storia nella storia è che un così fantastico racconto per ragazzi sia stato ritrovato tra i libri, i quaderni, le cartoline illustrate provenienti da ogni parte del mondo, che costituiscono il lascito di due signorine che hanno vissuto nella campagna lodigiana, dalle Cascine Muzzane di Vittadone, a Mairago, infine a Brembio, l'ultimo terzo di secolo dell'Ottocento e la prima metà del Novecento.

Der Ilsenstein Nach Ludwig Richter

# LA PICCOLA PRINCIPESSA ILSEA

PRINCESSE

# LA PICCOLA PRINCIPESSA ILSEA

DA UN RACCONTO TEDESCO

PER

**P. J. STAHL**

ILLUSTRAZIONI DI FROMENT

**MILANO**
GIO. GNOCCHI, EDITORE
1882

# AVVERTENZA

L'istoria di questa leggenda è essa stessa una specie di leggenda. L'autore di questo gentile poema è una giovanetta; se l'aveste letto non ci sarebbe bisogno di dirlo, perché è solo un'anima verginale che può creare una cosa così candida e pura. Ma il nome che portava sulla terra la cara anima che creò questo racconto, l'ho chiesto invano alla Germania, sua patria.

«È quello di una giovane principessa che non ha brillato che un giorno, e che è morta pochi anni fa, mi hanno detto alcuni.» – «No, mi hanno risposto altri, è il nome oscuro di una povera ragazza».

Povera o principessa, quella che ha scritto questa adorabile storia era un'anima privilegiata, uno spirito nobile ed elevato, un cuore angelico. Ed io supplico le mie giovani lettrici, supplico le care mammine e anche i vecchi nonni, di leggere con tenera pietà questo candido e commovente racconto.

Lo sento unico nel suo genere; pure non voglio lodarlo, perché la lode stessa gli farebbe male.

È fantastico e sensato, è materiale e trasparente, è vago e robusto, in una parola, è sano e fortificante.

Non c'è nulla che sia più vicino e nello stesso tempo più lontano dai rumori della terra: è un suono, un'armonia, eppure è netto e preciso, e tutti comprenderanno quello che c'è di vero in questo apologo, in questa fresca allegoria tra una fanciulla e una giovane sorgente, i rischi che corre tutto ciò che è casto, i pericoli che bisogna evitare, i difetti che devonsi temere e i doveri che attendono tutti, grandi e piccoli, nel combattimento della vita.

Non ho voluto toccare questo racconto: ho preferito lasciargli la sua selvatichezza, sovente anche le sue amabili ripetizioni e le sue care goffaggini. Ed ora sono altero di farlo conoscere alle fanciulle ed alle giovani donne del mio paese, e ben contento di essere il primo ad offrirlo.

Per aiutare il mio lavoro di traduttore ho chiamato in sussidio la matita delicata del signor Froment. Egli, con un gusto perfetto, ha dato al racconto quello che gli occorreva d'immagini e di vita, e, comprendendo che il realizzarlo del tutto sarebbe stato sciuparlo, gli ha lasciato quell'indecisione che gli era necessaria.

Il suo compito era più difficile del mio, e sono felice che egli l'abbia adempito meglio di me.

P. J. STAHL

# PREFAZIONE

Cara lettrice, l'istoria che sto per raccontarti non è la leggenda della principessa Ilsea; essa non è che una sua lontana parente. Non m'appoggio né sulla tradizione né su nessuna cosa del passato; seguo solo un modesto racconto, pure aspiro a piacerti. Quello che so, l'ho imparato percorrendo i paesi e studiando sempre tutto quello che mi cade sott'occhio. Quando trovo qualche oggetto che mi piace, come fiori, vecchie mura diroccate, montagne e vallate, fiumi o ruscelli, ad ognuna di queste cose io dico: «Raccontami ciò che ti è accaduto». Poi m'adagio e m'addormento. Se prima d'addormentarmi prego Dio con tutto il cuore, tutto ciò che ho interrogato nella veglia mi risponde ne' miei sogni, ed è così che qualche briciolo di verità cade talvolta nella leggera trama del mio racconto.

Ci tengo molto, cara lettrice, sorella mia, alla tua buona opinione; io parlo per le persone giovani e gentili come te. Il mio racconto è scritto per te e per tutte quelle che t'assomigliano, e non ti sarà faticoso il comprenderlo. Se vi piaccio, sorelle mie, e se mi amerete un pochino, io non avrò altro a desiderare.

L'AUTORE

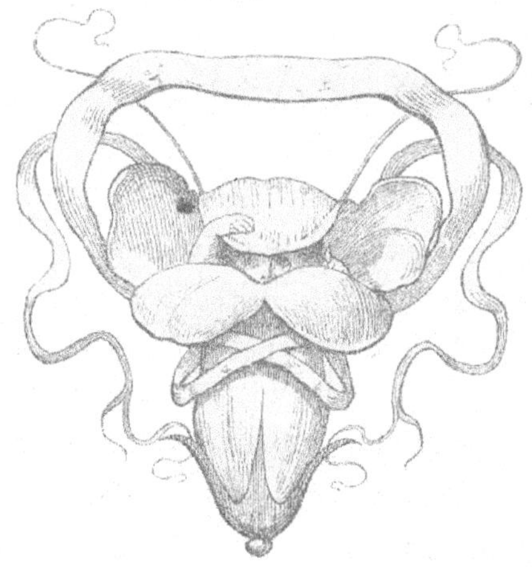

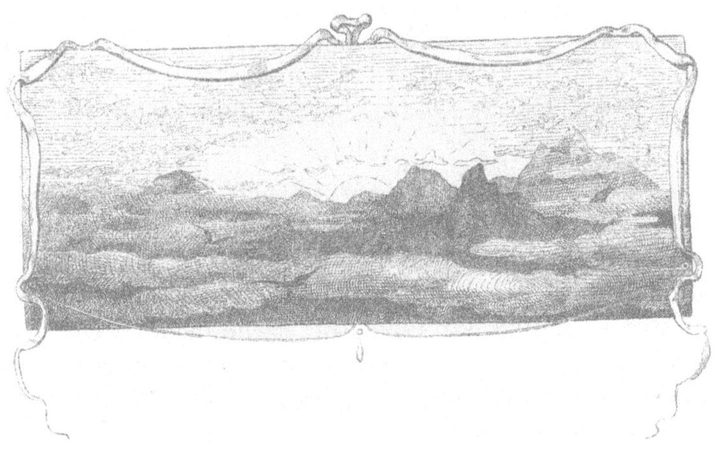

# LA PRINCIPESSA ILSEA

## I.

Al tempo del diluvio, quando le acque della terra si incontrarono e si confusero assieme e si alzarono tanto alto che i loro flutti spaventosi copersero le più alte cime dei monti, regnava nel liquido elemento un'orribile confusione. Così quando Iddio, mosso finalmente a pietà della nostra misera terra, fece penetrare attraverso il velo fosco e pesante di quelle nuvole grigie i raggi brillanti del sole, ordinando a quelle acque di separarsi per riprendere il loro cammino, non un fiume, non un ruscello avrebbe ritrovato il primitivo letto, se schiere d'angeli non fossero discese pietose sulla terra, per guidarli sulla buona via.

Man mano che le lunghe catene di montagne riapparivano al disopra dei flutti, gli angeli, discendendo lentamente da tutte le direzioni, venivano a posarsi sulle loro cime, spingendo, innanzi a loro, le acque nelle vallate. A misura che esse s'allontanavano dalle vette, quei buoni angioli regolavano il corso delle sorgenti e dei ruscelli, chiudevano i laghi entro una solida catena di rocce frastagliate, od in una verde cinta di boschi e praterie, e assegnarono al mare stesso i suoi confini. Con delle gran scope di vento ed immense spazzole fatte dai raggi del sole, percorrevano in tutti i sensi l'umida terra, spazzandone la melma che copriva l'erba ed asciugando le pesanti foglie degli alberi. Era sì grande il loro ardore che la massa dei vapori d'acqua ch'essi avevano sollevata rimase sospesa nelle gole delle montagne, ove formò quei bei veli di vapori diafani che si vedono ancora.

Questo lavoro durava già da parecchi giorni e toccava la fine, quando un angelo, affaticato, venne a sedere, per riposarsi, sopra una delle più alte cime delle Alpi. Godeva di là un'immensa vista all'est ed all'ovest, a nord e a sud: contemplava pensoso la verdeggiante terra che usciva sì bella, sì giovane e fresca da quel gran bagno che l'aveva lavata dalle sue immondezze. «Quanto è bella, diceva fra sé, quanto è risplendente la terra nella sua verginità! Ma questa verginità la conserverà sempre? Il peccato scomparso sotto quella massa d'acque non comparirà ancora? Sulla faccia candida della terra purificata non marcherà ancora l'impronta delle sue nere dita?» Un sospiro doloroso, pieno di mesti presentimenti, sfuggì dal petto del buon angelo, che rivolse altrove il suo sguardo abbagliato dai raggi del sole che allora si alzava sull'orizzonte.

Guardò lungamente dalla parte dove discendeva il corso delle acque germaniche. Le vedeva scorrere in lontananza brillanti e maestose; i fiumi principali aprivano la marcia, seguiti dai fiumi secondari, dietro ai quali, come un'armata di guardie, s'avanzava un'innumerevole e compatta massa di torrenti e di ruscelli. Rallegrandosi di vederle sì ben dirette, senza confusione e senza disordine, rimarcava con soddisfazione che non c'era la più piccola sorgente, per quanto insignificante ed impercettibile, che non fosse scortata da un angelo che le mostrasse la retta via quand'ella esitava a seguirla, che la sostenesse con cura affettuosa quando, inconscia e senza precauzione, si precipitava sulle punte delle rocce. Vedeva il Reno festoso colla testa coronata di pampini e d'uva seguire gaiamente la sua rapida corsa, e gli sembrava intendere lontan lontano le grida di gioia con cui salutava la sua cara Mosella, quando essa, arrossendo, gli veniva incontro con la testa essa pure coronata di grappoli vermigli che si sposavano alle anella dei suoi bei capelli.

Le acque s'allontanavano, s'allontanavano sempre più, ed il muggito delle loro onde sonore si perdeva nello spazio, quando l'angelo solitario, assiso sulla cima delle Alpi, tutto ad un tratto, intese altri rumori che ferivano le sue orecchie. Erano deboli mormorii come i gemiti e i pianti di persona profondamente addolorata. L'angelo allora si alza, e dietro la rupe da dove partiva il rumore, stesa al suolo, avviluppata in un velo bianco, trova una piccola e bella sorgente che piangeva a calde lacrime. N'ebbe pietà, si chinò sovr'essa, e, quando l'ebbe rialzata, ne scostò il velo e riconobbe la piccola Ilsea, per la quale era preparato un letto di verdura ben lontano di là, nelle valli di Harz. «Povera piccina, le disse il buon angelo, tu sola hai dovuto rimanere qui in queste alte ed aspre montagne?

Come mai son partiti tutti senza pensar nessuno di prenderti insieme?»

La piccola Ilsea, levando fieramente la sua testina, rispose con tono sdegnoso: «No, non sono dimenticata io! Il vecchio Weser mi ha aspettato tanto, mi ha fatto segni, mi ha chiamata perché partissi con lui; l'Eker e l'Oker pure mi volevano insieme, ma io non ci ho voluto andare assolutamente, a rischio di perir qui di tristezza e di noia. Poteva io, la principessa Ilsea, discendere nelle valli, correre attraverso la pianura, e come un ruscello del comune, servire da usi volgari, dar da bere ai buoi ed alle vacche, lavandone i piedi pesanti e grossolani? Guardatemi solamente e ditemi se io non sono della più nobil razza? Il cielo trasparente è mio padre, la luce è mia madre, il diamante è mio fratello e la perla di rugiada che si nasconde nel calice delle rose è la mia sorellina. Le onde del diluvio mi hanno rialzata assai, colle mie acque posso accarezzare le cime nevose delle montagne primitive, ed il primo raggio di sole che ha squarciato le nubi, ha seminato la mia veste di pagliuzze d'oro. Sono una principessa dell'acqua la più pura, ed assolutamente io non posso andare giù nella valle. Ho preferito nascondermi qui, fingendo di dormire, dimodoché il vecchio Weser, con que' suoi stupidi ruscelli, che non sanno far altro che gettarsi tra le sue braccia, ha dovuto finalmente andarsene».

A questo lungo discorso della piccola Ilsea l'angelo scosse leggermente la testa, e lanciò uno sguardo scrutatore e severo sul suo pallido visino. Quand'egli ebbe lungamente fissato l'occhio grande e turchino della bambina, quell'occhio che la collera in quel momento faceva sfavillare di brillanti scintille, vide nella sua profonda trasparenza agitarsi dei punti oscuri, e riconobbe che nella testa della piccola Ilsea albergava un cattivo genio. Il demonio dell'orgoglio che vi era entrato, scacciandone ogni pensiero pietoso, guardava il buon angelo con aria beffarda attraverso gli occhi della povera piccina. Il demonio dell'orgoglio ha fatto girare la testa a più di una fanciulla leggera, senza che fosse una principessa dell'acqua la più pura; ma l'angelo compassionevole, vedendo il pericolo che correva la piccola sorgente, decise di salvarla a qualunque costo.

II

# II.

Agli occhi dell'angelo, il cui sguardo era sì penetrante, la principessa Ilsea non era altro che una fanciulla viziata; così non le disse «Vostra Altezza», ma semplicemente «cara Ilsea».

– Cara Ilsea, disse dunque l'angelo, se è di tua volontà che sei rimasta su queste alture, e se credevi di offendere la tua dignità andando colle altre acque nella pianura, dovresti essere ben contenta di trovarti qui, e non capisco veramente perché abbi a piangere e lamentarti in tal modo.

– Ahimè! rispose la piccola Ilsea, sappi che quando tutte le acque furono partite, venne qui l'uragano a scuotere le montagne; quando vide che io ero rimasta, s'infuriò, fece un chiasso orribile, mi scosse con rabbia, e dall'alto delle rocce voleva precipitarmi in un abisso dove non si vede mai il minimo raggio di luce. Io pregava, piangeva, e tremante m'aggrappava alle punte delle rocce; finalmente son riuscita a strapparmi dalle sue braccia potenti per nascondermi in questo crepaccio.

– Ma siccome tu non riuscirai sempre a sfuggirgli, disse l'angelo, perché l'uragano mantiene qui strettamente l'ordine, devi comprendere, cara Ilsea, che sei proprio una piccola pazza a volertene star sola su queste alture, e dovresti invece lasciarti condurre da me verso il buon vecchio Weser, che ti ama tanto, insieme alle tue buone ed allegre compagne.

– Niente affatto! gridò con voce altera e imperiosa la piccola Ilsea, io resto qui in alto, sono principessa, io!

– Ilsea, soggiunse l'angelo colla sua voce più dolce e carezzevole, Ilsea io ti voglio tanto e tanto bene, vogliamene anche tu e sii buona. Vedi, là basso, la nuvola bianca del mattino che come navicella voga pel cielo azzurro? Io la chiamerò, ella verrà ad appoggiarsi qui, tu ci entrerai con me, ti adagerai sui suoi molli cuscini ed essa ci calerà rapidamente nelle piacevoli vallate tedesche dove scorrono tanti ruscelli belli e gentili come te. Là io ti deporrò nel tuo piccolo e grazioso letto di verdura, ti resterò sempre vicino per raccontarti tante storielle gentili e per mandarti dei bei sogni di paradiso.

Ma la piccola principessa era di un'ostinazione invincibile.

– No, no, non voglio! non voglio discendere! esclamava essa, voglio rimanere qui in alto, vicino a questo bel sole dai raggi d'oro. – E siccome l'angelo le s'avvicinava, e, facendole dolce violenza, cercava di prenderla in braccio, essa, indispettita, gli gettò delle gocce d'acqua addosso.

L'angelo allora s'assise tristamente a terra, e quella principessina orgogliosa sdrucciolò nuovamente nel crepaccio della sua roccia, ben contenta d'aver addimostrato un carattere così fiero. L'angelo cercò più volte di deciderla a seguirlo, ma ogni volta essa rispondeva con uno sdegno rifiuto. Vedendo infine che, malgrado la sua tenerezza, egli non aveva alcun potere sulla piccola Ilsea, perché oramai tutto il suo essere era dominato dal demonio dell'orgoglio, s'allontanò sospirando da quella fanciulla perduta, e andò a raggiungere i suoi compagni che lavoravano ancora con grande ardore.

III

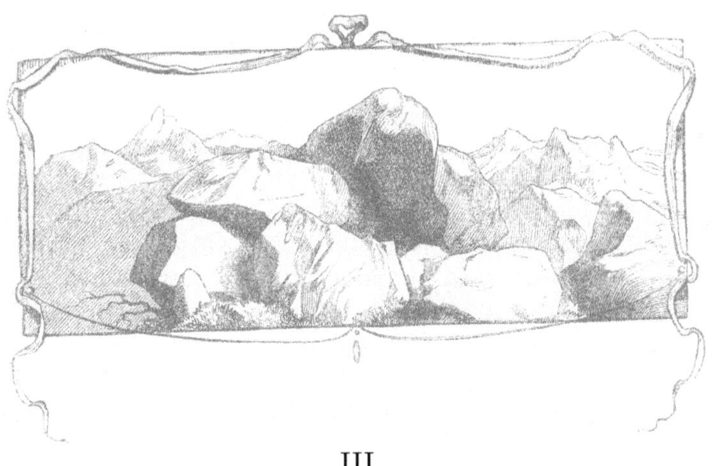

# III.

Quando Ilsea si vide sola sulla cima delle Alpi, volle godere della sua elevata posizione d'Altezza. Uscì tosto dalla sua grotta, s'appoggiò ad una roccia saliente, e, lasciando svolazzare al vento le larghe pieghe della sua bella veste d'argento, aspettò, pensando che le altre montagne verrebbero ad inchinarsele innanzi, e le nuvole scenderebbero a baciare i suoi piedini gentili. Ma per quanta importanza ella si desse nessuno venne a presentarle i suoi omaggi. Stanca di rimanere sì lungamente assisa, essa incominciò ad annoiarsi orribilmente, e sospirando diceva fra sé: «Avrei sopportato volentieri un poco di noia, perché ciò è una necessità del mio rango, ma trovo però che anche per una principessa, ce n'è già di troppo».

Venne la sera, e appena tramontato il sole, l'uragano, con un muggito sordo e lontano, annunciò la sua venuta; la povera sorgente allora fu presa da un'angoscia mortale, e si mise a piangere calde lacrime. Per quanto grande fosse stata la soddisfazione che aveva provato rifiutando di seguire l'angelo nelle vallate tranquille e plebee del vecchio Weser, questa soddisfazione non bastava per vincere lo spavento che le incuteva l'uragano. Il cielo diventava sempre più nero, densi vapori elevavansi dal fondo dell'abisso, e un rumore sordo, simile a quello del tuono, si ripercuoteva nelle gole profonde delle montagne; la povera piccina si sentiva morire dallo spavento. Quell'aria pesante e calda che veniva a bruciarle la faccia, le impediva il respiro. Tutto ad un tratto un pallido raggio di luce rischiara la notte profonda, la piccola sorgente, spaventata, alza gli occhi; ed in piedi, davanti ad essa, vede un uomo grande ravvolto in un manto rosso e con una fisonomia tanto tetra che fece rabbrividire la piccola Ilsea. Quest'uomo, inchinandosi, le disse: «Graziosissima principessa!» Un tal saluto era musica dolcissima alle orecchie della piccola vanitosa, la quale, vincendo la paura che le cagionava quella figura strana e sinistra, ascoltò con avidità le seducenti parole ch'essa le dirigeva.

– Io abito nelle vicinanze, le disse l'uomo tetro, e dietro gli scogli ho sentita la vostra conversazione coll'angelo, ed ho ammirato il modo con cui l'avete congedato. Non posso assolutamente comprendere come si voglia far discendere nella pianura e seppellire nelle oscure valli la bellezza e le grazie di una sì adorabile principessa! – Poi le parlò del brillante avvenire che l'aspettava se ella acconsentiva a seguirlo. – Io possiedo, soggiunse, una deliziosa villa in una delle più belle ed alte montagne della Germania. Vi voglio condurre là, e in mezzo ad una corte brillante di tutto lo sfarzo e di tutto lo splendore che si conviene all'orgoglio del vostro rango, voi regnerete, regina di grazia e di bellezza, nel seno dei piaceri e delle gioie, e dominerete di là tutte le acque grandi e piccole della terra.

IV

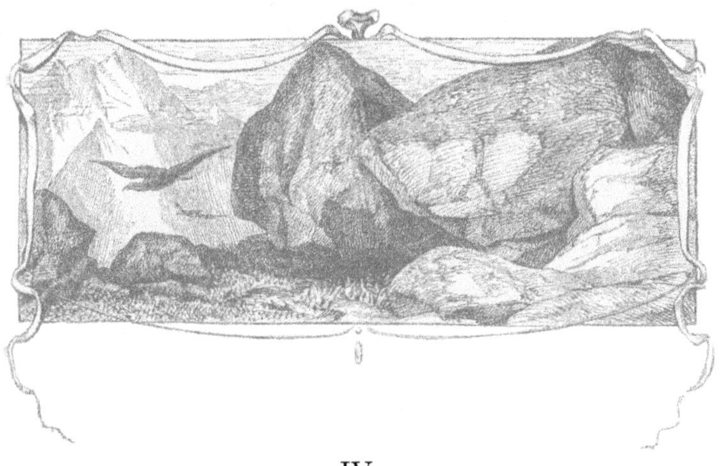

# IV.

Nel sentire tutte queste belle promesse il cuore della piccola Ilsea batteva ben forte, ma quando l'uomo tetro, aprendo il suo mantello, ne trasse un bacino d'oro in forma di navicella, il cui piede, ammirabilmente scolpito, era ornato di pietre risplendenti; quando, presentando questo bacino alla giovane principessa, l'invitò a sedersi, perché egli potesse portarla nel suo delizioso Brokenberg, dove innumerevoli sudditi le preparavano già splendide feste, non ci furono più scrupoli e riflessioni che valessero a trattenere la nostra piccola ambiziosa. Felice, saltò sì vivamente con tutti e due i suoi gentili piedini nel bacino d'oro, che le sue acque zampillarono altissime. Ilsea voleva riderne, ma il riso s'arrestò presto sulle sue labbra; due gocce d'acqua erano cadute sulle mani dell'uomo tetro, e la piccola principessa rimarcò che quelle gocce svaporarono stridendo come fossero cadute sopra un ferro rovente. Nel medesimo istante intese un dolore sì acuto nel profondo del cuore che tutte le sue membra trasalirono.

La povera bambina, morta di spavento, s'afferrò con ambe le mani all'orlo del bacino per prendere lo slancio e scapparsene tosto; ma l'uomo tetro, con uno sguardo, la rese immobile, e prendendo il bacino colla sua mano potente, disse all'uragano di soffiare innanzi, affinché la piccola non avesse paura d'esserne trasportata. Allora, fendendo l'aria, si slanciò rapido come una freccia.

Il dolore della piccola sorgente era stato di breve durata; essa si era subito calmata e tranquillamente lasciavasi trasportare nell'aria, non dubitando che, montando su quella navicella, erasi data al demonio. Ciò non di meno divenne inquieta assai quando intese il sibilo strano che la loro corsa accelerata produceva nella notte nera; e quando la violenza dei loro movimenti faceva vacillare il bacino, ella, tutta tremante, s'accovacciava nel fondo di quella barca aerea; avvicinava con cura le vesti attorno al suo corpo e stava attenta che non le sfuggisse neppure una goccia della sua acqua, sapendo già per prova quanto ciò le facesse male.

La notte incominciava a rischiararsi e la luna si levava lentamente quando essi arrivavano sul Broken. Furono tosto ricevuti da una folla compatta di personaggi singolari che in loro onore facevano risuonare l'aria di grida di gioia frenetica e di urli selvaggi. Il signore di Broken, con un gesto, ordinò che si facesse silenzio; e posando il bacino che conteneva la piccola Ilsea su una pietra liscia e piana come sopra un trono, invitò i suoi allegri vassalli a mettersi in cerchio attorno ad essa per presentare i loro omaggi alla principessa delle acque.

La piccola Ilsea si sentiva al suo posto, e per lei fu quello un istante ben delizioso. Si drizzò fieramente, poi con dignità e grazia squisita s'innalzò, sotto forma d'un elegante zampillo d'acqua, al disopra del suo bacino d'oro; salutò gentilmente da tutte le parti e inchinò la sua leggiadra testolina con un fare un pochino confuso. Alla sua vista un grido di sorpresa e di ammirazione sfuggì dal petto di tutti. – Quanto è bella! quanto è bella! ripetevano in coro. Viva! viva Ilsea! la nostra bella regina! – Per una principessa dominata dal demonio dell'orgoglio, non era quello certamente il momento d'essere umile. Una musica inebbriante fece risuonare i suoi dolci accordi, ed Ilsea, incantata, si mise a ballare con grazia squisita; ora sollevava dal bacino d'oro la sua onda brillante e cristallina, ora la faceva ricadere con vezzi gentili e delicati; alzava e abbassava la sua bella testina inanellata e scuoteva dalla sua capigliatura, con gesto grazioso e seducente le gocce limpide della sua acqua trasparente che cadevano nel bacino come pioggia di perle sonore. La buona luna, che non guarda troppo pel sottile e rischiara indifferentemente tutto ciò che succede quaggiù, tanto il buono che il tristo, lasciò cadere sulla testa della vanitosa fanciulla una piccola corona di brillanti stelle d'argento, e quando la graziosa Ilsea, alzando gli occhi, le fece un sorriso di riconoscenza, quella nostra buona amica fu sì contenta che aprì la sua gran bocca due volte più larga del solito.

V

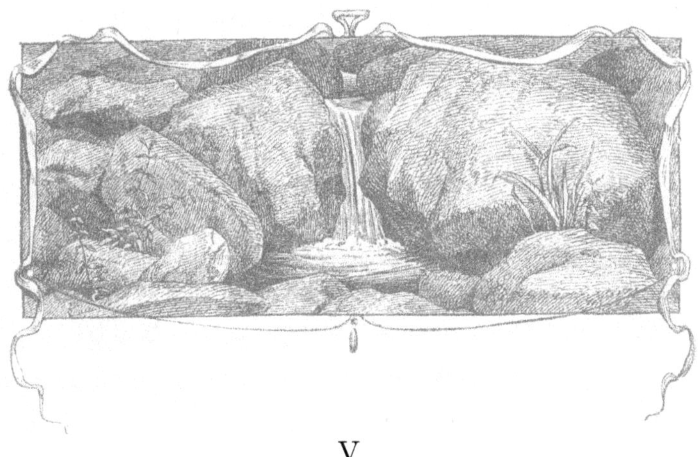

## V.

Però alla corte del diavolo tutti gli occhi non avevano seguito colla medesima compiacenza la danza della piccola Ilsea. C'era in quella società più di una giovane e vanitosa maliarda, che con dispetto invidioso aveva osservate tutte le feste che si facevano alla nuova venuta. Due di queste streghe, le due più brutte e sfacciate, s'avvicinarono al bacino d'oro per insultarla e svergognarla.

– Guardate, diceva l'una, questa qui balla, questa si dimena e si fa bella, ed è poi sì gracile e sottile che il minimo soffio potrebbe farla svanire. Vorrei vedere che faccia farebbe questa pallida e orgogliosa bellezza se le toccasse, come a noi, di ballare coll'uragano e dovesse lasciarsi trasportare con lui nella ridda infernale che scuote dalle loro fondamenta perfino le montagne.

– Ciò fa compassione, diceva l'altra alzando le spalle in aria di disprezzo. Giammai nella sua vita quella lì imparerà ad attraversare i cieli sopra un manico di scopa! Ma non senti? Là in basso già risuonano i timpani e le nacchere; andiamo a ballare la ridda gioconda; bruciamo la terra sotto i nostri piedi e scaviamo uno stagno profondo, dentro il quale dovrà sparire la brillante Ilsea. Allora per questa vanitosa, addio grandezze, addio feste! Essa, la bella e orgogliosa regina dell'acqua più pura, diverrà la nostra umilissima serva!

La piccola Ilsea, che aveva intese le terribili parole delle giovani streghe, non ebbe più volontà di ballare. Tutta mortificata, si nascose nel fondo del suo bacino d'oro, ed alzando timorosa la testa, vide tosto la ridda spaventosa passare dall'altra parte della montagna e mettersi al posto per la danza. Si mise a riflettere allora che cosa potevano significare que' discorsi beffardi delle due streghe. Era già profondamente intimorita per ciò che avevano detto dell'uragano, ma quello che ora la preoccupava di più era lo stagno e la loro predizione. Com'era mai possibile ch'ella diventasse la schiava di sì vili creature? Voleva domandarne la spiegazione al signor di Broken che si avvicinava a lei in quel punto; ma prima che avesse avuto il tempo di preparare il suo discorso, l'uomo tetro le era dinanzi, ed immergeva la punta del suo dito nel mezzo del bacino d'oro, Ilsea trasalì, e le sembrò che la sua acqua diventasse bollente. Ma il diavolo, ridendo, ritirò il dito e disse:

– La notte è fresca, graziosa principessa, siete già fredda fredda, e sareste gelata in questo bacino s'io non avessi riscaldata la vostra acqua. Vi farò preparare là basso, vicino al fuoco, un buon letto ove potrete riposare comodamente. Volgete un po' gli occhi dalla parte che io vi indico e voi vedrete la vecchia cuoca della mia corte tutta intenta a ravvivare il fuoco ed a mettere nel vostro letto bellissimi trastulli, affinché il tempo non vi sembri troppo lungo e noioso. Venite dunque e lasciate ch'io vi guidi a lei vicino.

Ilsea guardò dalla parte che le aveva indicato l'uomo tetro e vide, sospeso sopra un fuoco vivo e crepitante, un immenso paiuolo di rame. Ma era così brutta ed odiosa la figura della vecchia che vi stava vicino, i giocattoli stessi ch'essa gettava nella caldaia avevano un aspetto così strano, che la bambina, fattasi già diffidente, non si lasciò sedurre dalle parole di quell'uomo.

– Non ho freddo, e preferisco di guardare ancora un po' la danza sulla montagna. Tenendomi in piedi nel mio bacino d'oro come sopra un balcone, vedo tutto e mi diverto assai.

– Aspettiamo, disse il diavolo, son sempre in tempo di venirla a prendere fra un'ora – E ritornò vicino alle danzatrici.

Ma il divertimento della piccola Ilsea, quando si vide sola, fu ben da poco. Guardava alternativamente i gruppi disordinati delle danzatrici, il fuoco ed il paiuolo, nel quale la vecchia gettava, come aveva potuto vedere distintamente, degli animali immondi, come ragni, rospi, serpenti, lucerte, di cui ne aveva un'ampia provvigione, ed i pipistrelli, ch'ella prendeva al volo, a misura che venivano a gironzare attorno al fuoco che li attirava. Ilsea comprese finalmente in quali mani era caduta, e fu presa da profondo terrore. Pensò alla minaccia che le si aveva fatta di metterla nel paiuolo, e comprese tosto ciò che le streghe volevano dire. Si ricordò pure che una di esse l'aveva persino chiamata principessa "Acqua di cucina" – Mio Dio! esclamò, dove sono io dunque?

Con un'angoscia mortale congiunse le delicate manine, e, prendendo il suo velo, lo raccolse sul pallido viso per soffocare i lamenti che sfuggivanle dal petto oppresso.

– Oh! diss'ella, dirottamente piangendo, perché non ho seguito quel buon angelo che mi voleva tanto bene? – Si guardò intorno quasi cercasse un aiuto, e un buon pensiero, figlio della preghiera, le venne dritto all'anima: – Sono sola, disse piano, proprio sola; tutte le streghe danzano dall'altra parte della montagna; voglio fuggire, non importa dove, purché sia lontano, ben lontano da questo orribile luogo! – Si appoggiò sull'orlo del bacino e lasciò pendere in fuori i suoi piedini bianchi; e tenendosi aggrappata con tutte e due le mani all'orlo del bacino stesso, volse attorno un lungo sguardo indagatore per vedere se nessuno l'osservava. Fortunatamente niuno faceva attenzione alla piccola principessa. Solo la buona e vecchia luna, dall'alto della volta celeste, la guardava sorridendo. La povera bambina, con aria supplichevole, alzò verso di lei i suoi grand'occhi pieni di lagrime, appoggiò il suo grazioso ditino sulla piccola bocca, implorando un po' di discrezione con tanta eloquenza, che la luna ebbe pietà di lei, e, per non tradirla, andò compiacentemente a nascondersi dietro una grossa nuvola.

– Grazie, disse Ilsea, grazie, o luna caritatevole! – Indi, adagio adagio, si lasciò scivolare a terra senza rumore. Ma il bacino era alto assai, e più alto ancora il masso di granito sopra cui era posto, perciò, malgrado tutte le sue precauzioni, la povera piccina aveva fatto un po' di rumore. Dubitò d'essere stata intesa, e tutta spaventata si nascose precipitosamente dietro alcune rocce che le erano vicine. E qui mi è caro dire che, divenuta modesta, essa aveva saggiamente lasciato nel bacino la sua bella corona di stelle d'argento. La corte e le sue grandezze le avevano procurato più disgusti che gioie. Poco le importava ormai la sua dignità di principessa; le premeva solo di allontanarsi senza dir nulla, per non attirare l'attenzione di coloro che le volevano male. La piccola sorgente, tutta tremante di paura, si serrò maggiormente contro le rocce e chiese loro di proteggerla con una vocina così dolce, che le vecchie pietre, non abituate a sentire palpitare sul loro ruvido petto una giovinezza sì fresca e graziosa, ne furono tutte commosse e si chinarono così bene sopra la piccola principessa che nessun occhio, nemmeno quello della sua amica luna, avrebbe potuto scoprirla. In seguito le mostrarono nel suolo un piccolo buco, attraverso il quale passò facendosi sottile sottile, e nel dolce seno della terra, che dalla parte opposta ricopriva lo scheletro della montagna, trovò uno stretto passaggio in forma di canale, che di certo era stato scavato da qualche topolino dei campi. La piccola Ilsea, scivolando sopra un pendio dolcissimo, continuava la sua strada nell'oscurità, quando, dopo averne fatto felicemente un bel tratto, il canale si allargò e divenne scabroso; allora dovette passare fra avanzi cadenti di roccia tarlata, qualcuno dei quali, staccandosi al suo passaggio, andava a cadere nell'abisso. Ella camminava sempre in mezzo ad una notte profonda, e di tanto in tanto un soffio di vento ghiacciato che penetrava attraverso le fessure delle rocce, veniva a sbatterle il viso. Il sentiero oscuro si faceva ognor più ripido, finché sparve del tutto, e Ilsea allora poté scorgere fra un'apertura della roccia il cielo limpido della notte e la bianca luce di qualche piccola stella. Cercò di orizzontarsi un poco, ma la via era fiancheggiata da una quantità innumerevole di pietre grandi e piccole così ben incastonate fra loro che le divenne impossibile conoscere su quale strada si trovava. Per colmo di sventura intese di nuovo la musica stridula e discordante delle streghe che ballavano sul Broken, e la piccina, che aveva esitato un momento, per non sapere da qual parte dirigersi, a questo rumore fu presa da tale e tanto spavento che, senz'altro riflettere, si mise a correre sulle pietre, saltando or di qua or di là con una rapidità sorprendente. Non si curava dei massi di roccia che le sbarravano il cammino, urtava contro le loro punte la sua povera testina e stracciava in mille parti la sua leggera veste, ma correva, correva, correva sempre. – Fuggiamo, diceva fra sé, fuggiamo ben lontano, tanto lontano che il principe di Broken e la sua orribile banda non abbiano mai a scoprirmi!

VI

# VI.

Lo spuntar dell'aurora rese ancor più inquieta la nostra fuggitiva.

– La notte tace e non tradisce, diceva, ma il giorno è un ciarlone che s'incaricherà volentieri di mostrare al signor di Broken la strada ch'io presi.

Avrebbe voluto diventare piccina piccina, e si curvava, scivolava rasente le rocce, cercando il declivio, le cavità, i nascondigli: solo di tanto in tanto alzava la testolina per respirare un po' d'aria fresca del mattino. Fra alti gruppi di aride montagne, una gola profonda, coperta di un verde oscuro, conduceva, mediante un pendio insensibile, nel fondo della valle; Ilsea non esitò a gettarvisi a capo fitto. Innumerevoli massi di pietre, staccatesi dalle montagne nell'infuriar delle tempeste, erano rotolati gli uni sopra gli altri nel fondo di questa gola, e gli abeti li tenevano abbracciati fra le loro radici con potenti strette; tutti ricoperti di muschio, avevano un aspetto severo e venerabile, né parevano affatto disposti ad aprire un passaggio alla piccola sorgente che storditamente stava per precipitarsi sovr'essi.

Ma Dio ebbe pietà della povera bambina, e nel momento in cui, spinta dalla paura, stava per infrangersi su quegli enormi massi, Egli permise alla foresta di aprirle le verdi porte e di prenderla finalmente sotto la sua protezione.

Per i ragazzi traviati che hanno commesso qualche cattiva azione, oppure si sono lasciati trasportare da cattivi pensieri, la foresta è un asilo sicuro. Il demonio che si era impossessato delle loro anime, non può penetrare nella tranquilla solitudine del bosco, e quello dell'orgoglio ne è escluso pel primo. La piccola Ilsea non lo sapeva ancora; sapeva solo che le radici degli abeti le facevano orribili smorfie: spaventata, scappava dinanzi a mille immagini fantastiche, cercando l'ombra ed internandosi sempre più nella profonda foresta.

Che il demonio dell'orgoglio l'avesse pian piano lasciata quando, fuggendo il diavolo e le sue streghe, era scappata da Broken, ch'egli fosse stato vinto dalle sue lagrime di angoscia e di pentimento, la piccola Ilsea non ne dubitò punto, come allora che nella sua leggerezza non si era accorta che questo demonio aveva preso possesso di tutta lei stessa. Ma nel segreto di que' grandi alberi si sentiva più libera e più nascosta, ed il suo cuoricino si tranquillizzava osservando i brillanti cerchi d'oro che i raggi del sole, passando obliquamente fra le foglie degli alberi, disegnavano sul muschio. Man mano che s'allontanava dal Broken provava sempre più vivo un sentimento di confidenza e di benessere; sembravale che i grandi abeti non la guardassero più con aria oscura e severa; bentosto le gravi e venerabili querce stesero sovr'essa le loro braccia potenti come per proteggerla; i faggi, chiari e vivaci, si inchinarono sorridenti al suo passaggio e sforzavansi, allungando i loro rami, di trattenere i raggi del sole, per poi lanciarglieli addosso, l'uno dopo l'altro, come tante frecce d'oro. La piccola Ilsea, eguale in ciò a tutti i bambini, dimenticò ben presto i suoi dispiaceri, e si mise a correre attraverso i boschi cantarellando spensieratamente; quando in tale giuoco gentile un raggio di sole cadeva su lei, lo afferrava, e gettandolo in aria, mandava grida di gioia, ovvero se ne serviva ad uso di spillo per appuntare il suo velo di goccioline brillanti: indi, nella sua rapida corsa, lo gettava scherzando ai fiori ed alle erbe che si trovavano sul suo cammino, curiosi di vederla passare. Ridiventata allegra e scherzosa, la piccola fuggitiva formava la gioia della foresta che le dava asilo. Perfino le pietre grandi e piccole che, avviluppate nel loro morbido muschio, dormivano da tanto tempo stese al suolo, rinunciarono al loro riposo dal momento in cui la vispa fanciulla incominciò a saltare sovr'esse gridando e scherzando. Tuttavia non ne erano malcontente, perché amavano già quella cara bambina. Quando poi le più grosse e pesanti si mettevano ineducatamente sui suoi passi e non volevano lasciarla andare innanzi, essa accarezzava colle manine delicate le rugose guance delle vecchie, mormorando alle loro orecchie parole di preghiera. Poi, se tutto ciò riesciva inutile, fingeva di montare proprio in collera; coi suoi piedini umidi percuoteva scherzosamente quell'ostacolo e spingeva sì vivamente quelle ostinate, che le faceva traballare; quando poi era riuscita ad aprirsi così un passaggio attraverso ad una piccola fessura, vi si precipitava ridendo, separando le più indolenti le une dalle altre, slanciandosi dinanzi a loro come una pazzarella. Era un piacere di vederla saltare così graziosamente di roccia in roccia, specialmente là dove la gola si faceva più ripida e dirupata. Ella allora adornava la sua gentile testina di un piccolo bonetto di schiuma bianchissima e fina, e quando, urtando contro qualche punta di roccia lo stracciava, lo rimpiazzava subito con un altro affatto nuovo, bianco e fresco come la neve delle Alpi. Sul versante della montagna, esposta ai raggi più vividi del sole, l'erba cresceva molto umida e spessa, e i grandi alberi si erano ben scostati gli uni dagli altri per lasciar posto ai loro rampolli che, riuniti in numerosi gruppi, ingrandivano ai loro occhi, imparando alla lor volta a farsi grandi; i giovanissimi abeti, che stendevano sulla zolla la loro piccola veste verde e trasparente e gonfia, agitavano in tutti i sensi le appuntite teste e si maravigliavano assai che i piedini della piccola Ilsea non avessero a cessar mai di correre e di saltare. Ma le giovanissime sorgenti, meno rassegnate dei piccoli abeti, quando intesero Ilsea mormorare le sue dolci canzoni, goccia a goccia uscirono dalle fessure della montagna, e passando attraverso il muschio, s'avvicinarono di nascosto alla fanciulla. La piccola principessa, avvertita dal loro leggero mormorio, le vedeva venire, e faceva lor segno d'affrettarsi, ed allorquando quelle imprudenti s'arrestavano spaventate in riva al torrente, esitando a liberarsi il passo, le incoraggiava con un gesto amichevole, e gettava loro grosse pietre perché le servissero di marciapiede. I ruscelletti allora prendevano coraggio, e adagio adagio scendeano nel letto della loro piccola amica. Se poi qualche volta le cadevano sul seno, incerti e timorosi, essa li prendeva per mano e diceva loro: – Venite, adesso correte con me; guardate bene com'io faccio, e saltate sempre quando io salto: non abbiate paura di cadere, poiché vi sarò sempre vicino e vi sosterrò quando avrete bisogno. – E i ruscelletti, ubbidienti, seguivano Ilsea, saltando in compagnia della fanciulla sulle grosse pietre senza spaventarsi né farsi male; e bentosto, quando anch'essi ebbero conquistato il piccolo bonetto di bianca schiuma, assomigliarono tanto alla piccola Ilsea che non era più possibile il distinguerli da essa.

VII

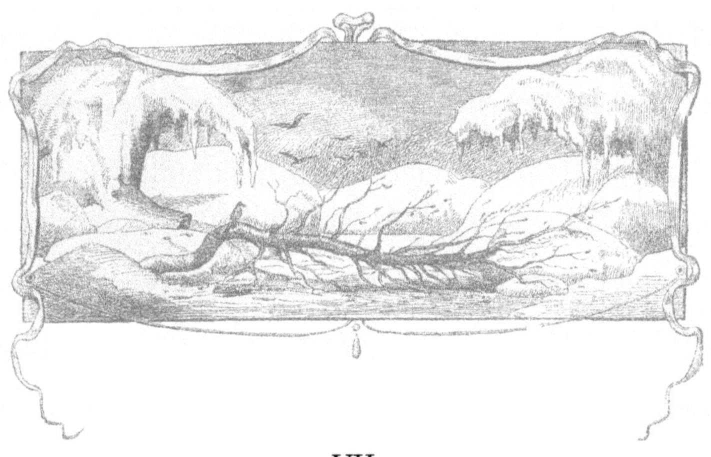

## VII.

Intanto sul Broken la fuga della graziosa principessa aveva messo in furore l'uomo tetro. Certamente sapeva che una piccola sorgente così pura non era, a dir il vero, una preda per lui, principalmente ora che il demonio dell'orgoglio, quello che s'impossessa tanto facilmente delle giovani anime, si era ritirato da essa. Che farebbe dunque per riprendere la bella e cara fanciulla? Si ricordò allora che la piccola principessa aveva avuto gran paura dell'uragano, e chiamò tosto il vento del nord, ordinandogli di soffiare impetuoso, risalendo la vallata, cioè in senso opposto alla via seguita dalla piccola Ilsea. – Questo, egli pensava, la forzerà a cambiare via e la ricondurrà sul Broken. – Il vento del nord fece quanto poté per compiere quest'ordine, e si mise a soffiare e urlare con tanta forza, che scosse gli alberi sino alle radici, spargendo al suolo i loro rami spezzati. Un giovane pino, che non aveva ancor preso profonde radici, fu gettato in terra vicino alla piccola Ilsea, alla quale il vento furioso strappò tutto ad un tratto il velo svolazzante. Il vento voleva trasportarla con lui; ma, con uno sforzo felice, la piccola principessa si svincolò da lui violentemente, e, senza curarsi di sapere ciò che era rimasto del suo bel velo negli artigli del vento, riprese la sua rapida corsa. In quel momento, bisogna dirlo, non pensava a se stessa. Per sé non aveva nessun timore, solo la tormentava il pericolo che correvano i suoi cari alberi, e, se ne avesse avuto il potere, avrebbe aiutato con tutto il cuore i suoi infelici protettori a lottare contro l'uragano che voleva rovinarli. S'avvicinò piangendo al povero pino sradicato, si gettò su lui, l'inondò delle sue lagrime, e con tenera compassione ne lavò le ferite. Cullava dolcemente colle sue braccia delicate i piccoli faggi verdi ed i ramoscelli di quercia che il vento del nord gettava nel suo seno, ne rinfrescava, a forza di baci, le foglie appassite, poi dolcemente li depositava sulla riva sopra qualche soffice letticciuolo di muschio.

Frattanto l'uomo nero, ritto sul Broken, digrignava i denti, stizzito nel vedere che il vento del nord si stancava in inutili sforzi e non aveva alcun potere sulla piccola fuggitiva. – Le manderò dunque l'inverno, mormorò con aria sinistra; l'inverno fosco e desolato, accompagnato dalla fame e dal freddo, colle sue lunghe notti oscure, nelle quali veglia la tentazione, mentre il peccato s'insinua pel suo misterioso cammino; questa triste stagione fece mia preda più di una povera anima, e riuscirà anche colla principessa delle acque. Tu, vento del nord, continua ad agitarti là basso e non cessare i tuoi sforzi; spoglia gli alberi delle lor foglie e prepara la via all'inverno, perché tu sai ch'egli non viene se non quando può avanzarsi con passo pesante sulle foglie appassite degli alberi. – Ed il vento del nord, servitore ubbidiente, due volte più secco e gelato, soffiò attraverso la valle. I faggi tremarono in tutte le membra, e nel loro spavento lasciarono cadere al suolo le foglie ingiallite; le cime delle querce incominciarono ad arrossire nel vedersi spogliare della loro veste, e, contemplando mestamente i loro rami nudi e secchi, aspettarono con impazienza la fine dell'inverno. Il pino solo rimase calmo, impassibile, continuando a portare con imponente maestà il suo mantello di velluto di un bel verde cupo. La piccola Ilsea, che scorreva ai suoi piedi, non comprendeva nulla di tutto ciò; nel suo malumore rimproverava gli alberi dicendo loro: – Ma, ehi, dico, pazzi che siete, quale idea vi viene di gettarmi così in faccia le vostre foglie? Non amate più dunque la vostra piccola Ilsea, e volete guastarle gli occhi colle vostre ghiande ed i vostri fagiuoli? – E la fanciulla, sbuffando di collera, scuoteva le foglie secche che s'attaccavano alle anella de' suoi capelli, ed imbarazzavano le pieghe brillanti della sua veste.

Frattanto l'inverno era giunto sul Broken. Sua maestà infernale, colle sue proprie mani, lo rivestì di un denso mantello di nebbia, ed il vecchione, dopo aver lentamente attraversate le alte montagne, si lasciò rotolare pesantemente nel fondo della valle. Sul principio non sembrava tanto cattivo; faceva moine, insinuandosi come un adulatore; copriva gli alberi e gli arboscelli di brina brillante, tanto brillante che la piccola Ilsea, abbagliata da quella magnificenza, non sapeva più da qual parte riposare lo sguardo. Vennero in seguito fiocchi di neve che discendevano in giù lenti e maestosi, e che la principessa credette dapprima fossero le nuvole stesse che scendessero a visitarla nella valle e rinnovare così la conoscenza fatta sulla cima delle Alpi. Ma l'inverno stendeva sempre più pesante su tutta la vallata il denso lenzuolo sotto al quale giacevano sepolte le pietre, le radici, le piante, il muschio e perfino i fili d'erba, pallidi e ghiacciati; la piccola Ilsea, pensando che ben presto sarebbe pure venuta la sua volta, cominciò ad inquietarsi. Era già mesta e desolata di non poter vedere quel bel verde ch'essa tanto amava e lavorava con grande ardore per ritrovarlo; gettava tutte le pietre che lo schiacciavano e liberava nel tempo stesso il tenero muschio dalla neve che lo copriva. Stava tutta intenta a questo lavoro, quando ad un tratto si sentì passare da certe punte aguzze e ghiacciate. Alzò gli occhi spaventata e vide allora che attorno alle pietre ed alle radici degli alberi l'inverno, passando, aveva steso delle catene dure e brillanti, i cui anelli, moltiplicandosi ed allungandosi di più in più, dovevano, a poco a poco, paralizzare anche le sue membra giovani e delicate. E difatti poco dopo l'inverno, furioso, conficcò i suoi artigli freddi e penetranti nel debole petto della povera fanciulla. Un brivido le corse per tutto il corpo, e nella massima angoscia afferrò le radici del gigantesco pino, e alzò, con aria supplichevole, gli occhi pieni di lagrime verso questo re delle foreste. Egli pure era ricoperto dal drappo bianco dell'inverno, tuttavia sotto alla fredda neve i suoi rami mostravano ancora il loro verde cupo ed eterno. Questo dolce aspetto che le ricordava la primavera, rianimò il coraggio della tremante fanciulla, versò un balsamo nella sua povera anima e fece circolare per tutto il suo essere una forza nuova e una vita novella.

– Oh, pino! esclamò la piccola Ilsea, o pino grande e imperterrito, come fai tu a tener fronte all'inverno ed a rimanere vivo e verde nelle sue braccia gelate? Non posso anch'io lottare come te?

– Io sono piantato sulla roccia, le rispose il pino, alzo la testa al cielo ed il Signore mi dà la forza di rimanere verde in tutte le stagioni; ma tu pure, o piccola Ilsea, sei una sorgente di roccia, e la tua limpida onda riflette pura e senza alterarla la luce del cielo; se hai in te la vera vita, non ti mancherà, sta pur certa, la forza per vincere l'inverno. Abbi dunque fede in Dio, povera fanciulla, non avvilirti, ed affretta la tua corsa.

– Caro pino, rispose Ilsea, voglio anch'io diventare forte e coraggiosa come te, per potere, come te, resistere all'inverno.

Pronunciando queste parole, con una violenta scossa si svincolò dalle mani ghiacciate che chiudevano la sua veste fra le pietre, e precipitossi nella valle, saltando e schiacciando nella sua corsa tutti gli ostacoli, tutte le punte di ghiaccio che tentavano di arrestarla. Il vecchio inverno, incapace di seguire una ragazza che sgambettava così attraverso i campi. s'assise borbottando sulla neve, vergognoso di confessare la sua impotenza e di dover riconoscere che gli sarebbe stato impossibile di vincere l'agile principessa.

Il giorno seguente, mentre la piccola Ilsea, felicissima della sua vittoria, saltava allegramente, gettando avanti a lei, con infaticabile ardore, le scheggie di ghiaccio che aveva distaccate dalle pietre, sentì i muschi della riva che gridavano:

– Oh! Ilsea, cara Ilsea, vieni a soccorrerci! La neve pesa tanto sulle nostre povere teste che non possiamo tenerci dritti su questi deboli steli; aiutaci per carità! Fa tanto male vivere così!

E la compassionevole principessa scendeva verso loro, sollevava con precauzione una piccola parte di quel pesante mantello di neve, e, facendovi scorrere sotto il suo viso grazioso, ripeteva ai muschi le sapienti lezioni di saggezza ch'essa aveva ricevute dal pino.

– Siete piantati sullo scoglio, diceva, ed il buon Dio vi permette di rimanere verdi anche sotto la fredda neve; non dimenticate dunque, o cari muschi, che la vita divina è in voi; cercate di essere forti, di raddrizzarvi e di crescere, nonostante il freddo manto dell'inverno. Invocate Iddio, e vedrete ch'Egli vi aiuterà.

I muschi cominciarono tosto ad agitarsi, il lavoro li riscaldò, e poco dopo esclamavano con gioia:

– Ilsea, Ilsea, tu hai ragione; eccoci qui già raddrizzati; dappertutto dove si posano le nostre manine verdi, la neve cede e scompare, e presto queste piccole gemme che tu vedi vicino al vecchio stelo ci arricchiranno di graziose foglioline.

VIII

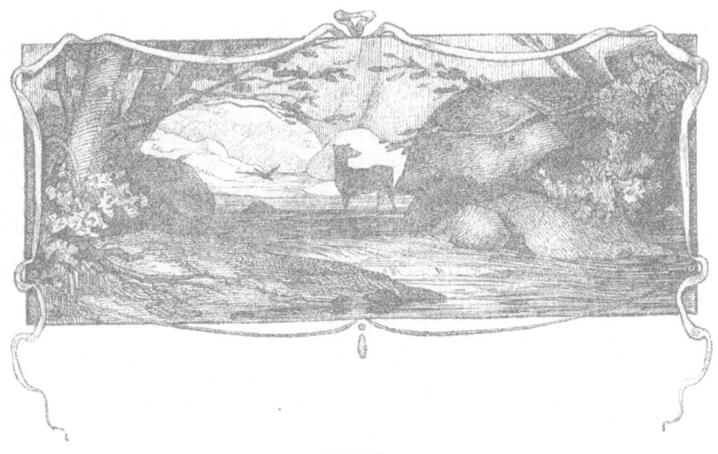

# VIII.

Così la piccola Ilsea insegnava ai suoi compagni di giuoco, i muschi e le erbette, a provare le loro forze e ad utilizzarle per far fronte all'inverno. Essa inaffiava le piccole piante colle sue acque vivificanti, e le animava a crescere ed a svilupparsi, onde essere le prime a salutare la primavera che tornava. Liberò la terra dal letto di neve che la ricopriva, e ricacciò l'inverno, ormai vinto, sul Broken, ma i raggi del sole non tardarono a farlo scomparire anche di là.

Il pino allora si spogliò interamente del suo bianco mantello, e, per celebrare la festa della primavera, ornò tutte le punte de' suoi cupi rami di un diadema sfolgorante di verde chiaro; le querce ed i faggi, poco a poco, ripresero la loro veste d'estate, e la piccola Ilsea, per più secoli, corse giorni felici nella bella e pacifica foresta. È vero che l'inverno tornava ogni anno, ed ogni anno si prendeva il crudele divertimento di torturare le piante e gli alberi, cercando sempre d'opporsi alla corsa rumorosa della piccola Ilsea. Ma la vivace e vigorosa fanciulla non si lasciava cogliere: lesta e leggera come una gazzella, riesciva sempre a sfuggire alle sue glaciali strette. Gli alberi rinverdivano tutti gli anni, e in nessuna stagione erano sì belli e freschi quanto nella primavera, quando la prova che avevano sostenuto li aveva fortificati e rigenerati; la piccola Ilsea pure non era mai così leggera e così risplendente come allora che, liquefatta la neve sulla montagna, essa scorreva attraverso le foreste schiumante e superba di legittimo orgoglio. La neve è un balsamo vivificatore per le piccole sorgenti; più ne bevono, più si fanno forti e belle.

La verde foresta andava superba della piccola Ilsea, la sua cara figlia adottiva, e siccome questa non pensava più a se stessa ma unicamente ai suoi cari amici, gli alberi e le piante, che colmava di delicate attenzioni, siccome aveva completamente dimenticato di essere principessa, così tutti se ne ricordavano; gli alberi, i fiori, i muschi, e le gracili erbette la tenevano in alta stima e la rispettavano rendendole omaggio a loro modo, senza chiasso, ma dal fondo del cuore.

Là dove la piccola Ilsea traversava la valle, le piante ed i fiori si affrettavano sui suoi passi, baciando l'orlo della sua veste ed il suo velo svolazzante. Gli eleganti e snelli steli d'erba mormoravano gioiosamente al suo passaggio, ed inchinando il loro cappellino di piume, la salutavano amichevolmente. Le malinconiche campanelle turchine, i più gentili di tutti i fiori che la foresta vede nascere, avevano per la piccola Ilsea un'affezione particolare; volevano esserle sempre vicino ed approssimandosi a lei più che potevano, si chinavano sulla sua fronte contemplandola con aria grave e mesta, come attratte da un pensiero pietoso. Poi si spingevano sino alle pietre umide e lucenti che la principessa teneva fra le sue braccia; la sorgente allora delicatamente le baciava e stendeva sotto loro un piccolo tappeto di muschio affinché le loro piccole gambe vacillanti potessero fissarsi solidamente sul fondo scorrevole. Le campanelle turchine vivevano in pace e buon'armonia coll'erbe e le felci, e così conducevano per tutta l'estate un'esistenza felicissima, una vera vita di silfidi in un'isola incantata. Dappertutto dove restava un po' di posto le felci s'arrampicavano sull'umida pietra ed agitavano i superbi ventagli verdi per rinfrescare la loro amica e per ripararla dai raggi del sole. Ma i raggi del sole amavano anch'essi la graziosa fanciulla, ed ogni volta che le nuvole lo permettevano, discendevano a trovarla nella foresta e giuocavano con lei sotto gli alberi. Le nuvole grigie, già da più secoli, erano state messe a guardia dei raggi del sole; e siccome loro stesse erano divenute così pesanti e massicce che a stento avrebbero potuto muoversi se l'uragano, tratto tratto, non fosse venuto in loro aiuto, s'infastidivano di vedere sotto di loro i bei raggi d'oro che coi piedi leggeri ballavano allegramente e scherzavano nel verde colla piccola Ilsea. Così esse rimanevano intere giornate sulla montagna, immobili come una muraglia, senza lasciar penetrare nella foresta il minimo raggio per quanto sottile si facesse. Più, ogni tanto, lasciavano cadere gocce di pioggia nella valle, e, con maligno piacere, guardavano la piccola Ilsea, che triste e solitaria, se ne andava, umile e dimessa, colle sue acque torbide e agitate. Questo procedere dei loro stravaganti governatori irritava assai i raggi del sole e li metteva in collera; allora, per vendicarsi, si stringevano gli uni agli altri dietro il dorso delle vecchie nubi, le canzonavano, le contraddivano e le riscaldavano tanto coi loro motteggi pungenti, che le povere infelici, ridotte agli estremi, non potevano più starsene al posto, e, vinte dal caldo, dovevano scostarsi. Il passaggio così rimaneva libero, ed i raggi si slanciavano giù nella foresta, si dondolavano sulle gocce di pioggia che pendevano ancora dagli alberi, e sovente passavano l'intera giornata a trastullarsi sull'erba colla piccola Ilsea.

Un giorno che giuocavano insieme, un bianco fiore di fragola, la cui numerosa famiglia è sparsa in tutte le valli dell'Harz, s'avvicinò di soppiatto ad Ilsea per ammirare la sua rotonda figura nella veste della principessa. Ma Ilsea, che lo aveva veduto, minacciandolo scherzosamente col suo ditino, gli disse:

– Fiore di fragola, fiore di fragola, tu sei vanitoso; e perché porti in fronte un bottoncino d'oro, vuoi ammirarti e rimirarti, eh?

Il fiore di fragola, spaventato, lasciò cadere i suoi bianchi petali nell'acqua, e scappò tosto a nascondersi sotto alle foglie verdi. Ma i raggi del sole gli corsero dietro ridendo e lo trovarono nascosto dietro le grandi foglie tutto vergognoso per vedersi scoperto. Ogni volta che un raggio di sole lo guardava, arrossiva sempre più, poi restò come inondato di porpora dietro il verde rifugio delle sue foglie, e tutto confuso chinò a terra la sua piccola testa. Oggi, non ha potuto ancor vincere la vergogna che provò quando la sua vanità fu svelata sì pubblicamente; e innanzi ai raggi del sole arrossisce sempre.

La buona luna, questa vecchia amica della piccola Ilsea, andava essa pure a trovarla sovente senza spaventarsi del faticoso cammino che le toccava fare sulla montagna; s'arrestava sull'Ilsenstein, la più bella rupe di tutta la catena, alla quale le genti della valle avevano dato il nome della piccola principessa; di là spingeva i suoi sguardi nella vallata, e gioiva nel vedere la sua favorita fanciulla scorrere con dolce mormorio all'ombra dei monti, e divertirsi graziosa e modesta colle stelle d'argento ch'essa le mandava dall'alto.

IX

# IX.

La valle dove scorreva la piccola Ilsea era da molto tempo abitata da diverse persone colle quali sul principio la principessa voleva far la superba, ma il vecchio pino l'aveva rimproverata e la piccola capricciosa divenne più trattabile, e s'abituò anche alla compagnia di quella povera gente.

I primi arrivati nella foresta erano dei carbonari; i quali abbattuto qualche albero, si costrussero una capanna, prepararono i loro fornelli e accesero il fuoco. La piccola Ilsea pianse assai quando vide le sue care piante intaccate dalla scure tagliente cadere morenti al suolo; anche l'erba ed i fiori gettavano gemiti dolorosi quando gli uomini tracciando un sentiero attraverso la solitudine, avevano schiacciate sotto ai piedi le loro piccole teste, e questo pure fece provare alla buona fanciulla un vero dispiacere. Le fiamme ed il fumo che s'alzavano dai forni la riempivano di terrore, perché ciò le rammentava l'orribile notte passata sul

Broken. Ma il pino le aveva detto che l'uomo era il padrone del creato, che Dio lo aveva fatto ad imagine sua, che tutte le altre creature erano destinate a servirlo, che ogni albero doveva vivere il tempo che Iddio gli aveva destinato; poi sarebbe stato abbattuto o dalla mano dell'uomo o dalla folgore del cielo, o dall'incendio o dalla vecchiaia. Le aveva pur soggiunto di non temere il fuoco, perché questi è una forza santa, della quale servendosene saggiamente, si può ricavare tanto bene, e che lei, la piccola Ilsea, era destinata a conoscere tutto ciò da se stessa, perché un giorno, avvicinandosi al fuoco, avrebbe dovuto stendergli la mano e lavorare di concerto con lui.

La principessa a dire il vero, non pensava con molto piacere al tempo in cui essa lavorerebbe colla fiamma; tuttavia avendo un gran rispetto per l'esperienza del pino, prestò fede intera alle di lui parole.

Da qualche tempo, altri uomini, e questa volta in gran numero, arrivarono nella foresta armati di scuri e di vanghe, conducendo con loro una quantità di capre e di buoi che lasciarono pascolare nei verdi prati della montagna. Un po' sopra dell'Ilsenstein dalla parte dove la vallata s'allarga si diressero sulla piccola Ilsea, abbattendo attorno ad essa un numero considerevole d'alberi, che tagliarono poi in tante assi e travi; indi da una parte scavarono una gran sala per la principessa; rivestirono questa sala di pietre e di uno strato d'erba, lasciando dalla parte opposta, una gran porta d'uscita che si chiudeva solidamente. Colle travi e le assi fabbricarono pure diverse case, nelle quali alloggiarono colle loro mogli e coi loro figli. Quando tutto ciò fu terminato, si presentarono alla piccola principessa, pregandola di voler discendere nella gran sala e di starci a suo agio. Ilsea ringraziando voleva passar oltre, come faceva sempre quando una cosa non le sembrava che a metà sicura; ma gli uomini a forza di pietre e di terra le chiusero il cammino; staccarono un gran pezzo di rupe che stava da un lato, il quale altre volte aveva sbarrato il passaggio alla piccola sorgente. Slanciata così a grande velocità le riuscì impossibile di trattenersi, e violentemente precipitò attraverso la fessura della sala preparata dagli uomini, ch'essi chiamarono il serbatoio, e si dilatò su tutta la superficie sbattendo contro le pareti lesue onde schiumanti. Quando si vide in quella strana prigione fu presa da un po' di malinconia e ci volle del tempo prima che si calmasse; finalmente si rassegnò, e raccogliendo le sue acque e i suoi pensieri alzò gli occhi, come per interrogarlo, verso il vecchio pino che era rimasto intatto vicino al muro della nuova casa. Il pino allora sorridendo malinconicamente le disse:

– Ecco, qui piccola Ilsea, la coltura che s'avvicina.

– La coltura! rispose sospirando la fanciulla, oh! che Dio abbia pietà di noi! è certamente il diavolo che qui ce la manda. Colui che atterra tanti poveri alberi del Signore, gli leva loro la scorza e li taglia in pezzi, colui non può avere uno scopo buono!

– Povera bimba! soggiunse il pino, che cosa diresti tu allora se vedessi la figlioletta della coltura, l'Industria la instancabile cercatrice di tesori che fora la terra da parte a parte per estrarne l'oro e senza pietà alcuna abbatte sino l'ultimo albero che si frappone al suo cammino? Essa distrugge foreste intere di vecchi alberi per piantarvi le barbabietole, innalza case grandissime di pietra che si chiamano fabbriche, le quali hanno tanti stupidi fumaiuoli, che si elevano sino al cielo. Là dov'ella mette piede non c'è più riposo.

La povera Ilsea aggiunse le sue manine, e pareva sì spaventata che il pino le disse ancora:

– Non inquietarti troppo fanciulla mia, ci vorrà ancora del gran tempo prima che l'industria giunga sino a noi. In generale, non s'avanza molto nella montagna, perché preferisce la pianura; e noi intanto pregheremo il buon Dio ch'ella possa dimenticare la nostra tranquilla vallata. Tuttavia la Coltura è serva fedele del Signore; porta con sé la pace, la benedizione, il benessere, la parola di Dio. Dunque non temerla o Ilsea, ma amala un pochino anche tu.

X

# X.

Ilsea aveva capito e mostrava di già di aver negli uomini maggior confidenza. Si spinse contro la porta d'uscita, e lasciando cadere qualche piccola goccia attraverso le tavole, gettò alla sfuggita un'occhiata sulla casa situata sovr'essa. Scoperse allora, proprio ai suoi piedi la ruota di un mulino allor allora costruita; il figlio del mugnaio, un bel ragazzo dai capelli ricci, stavasene ritto sul piccolo ponte e ridendo gridava dalla parte del serbatoio:

– Sì, principessa Ilsea, guarda soltanto in basso, a momenti ti si apriranno le porte; allora incomincerà la danza, e tu ti slancerai allegramente attorno alla ruota!

– Sto dunque per essere aggirata? pensava la povera fanciulla, e guardando quella ruota gigantesca le batteva forte forte il cuore.

Tutto ad un tratto la ruota si mise a scoppiettare da tutte le parti, e nell'istesso tempo udì una voce che piano piano le diceva:

– O Ilsea, non ci riconosci più? Noi siamo il legno de' tuoi cari alberi; non temere di nulla, poiché i tuoi vecchi amici non potrebbero farti male.

Il mugnaio che in quell'istante si preparava a levare la chiusa, le gridò allegramente:

– Scendi adesso, o Ilsea, ti sei riposata abbastanza nel serbatoio, vieni avanti, muoviti ed aiutaci a lavorare.

La principessa non esitò, corse vivamente alla ruota, e alzando la sua bella veste bianca, appoggiò senza timore, ma con precauzione, i suoi delicati piedi, prima sur un asse, poi sull'altra, e quando sotto i suoi passi leggeri, la ruota cominciò a mettersi in movimento, continuò arditamente a saltare di scala in scala lasciando svolazzare al vento, il suo velo brillante, poi cacciò sulla testa il suo bonetto di schiuma e finalmente fuggì ridendo e saltellando; la ruota continuava a girare, il mulino batteva la misura, e la collana di gocce argentine sfuggite dalle anella umide della principessa Ilsea si sgranava perla a perla su tutti i gradini della grande ruota.

Ilsea era divenuta una lavoratrice al servizio degli uomini un'acqua di vita e prosperità per la vallata ed i suoi abitanti.

Lavorava sia nel mulino della farina come nella fucina, dove fece la tanto temuta conoscenza del fuoco; non tardò però ad accorgersi che l'antipatia era reciproca e tutti e due avevan paura l'un dell'altro; così non s'avvicinavano mai di più di quanto lo esigeva la necessità del lavoro; stavano il più che potevano, ognuno dalla sua parte, amandosi più da lontano che da vicino.

La principessa Ilsea accomodata in secchie lucenti veniva portata nelle case vicino ai ragazzi ed alle donne, e allora aiutava quest'ultime nelle loro faccende domestiche, alla cucina ed al lavatoio. Bagnava e lavava i bambini, inaffiava nel giardino i fiori ed i legumi, e non si vergognava di nessun servizio per quanto umile fosse; d'altronde non aveva ragione alcuna d'essere vergognosa, perché la principessa Ilsea facendo opere di carità agli uomini ed ai fanciulli non derogava affatto dal suo stretto dovere d'Altezza.

XI

# XI.

Parecchi secoli erano scorsi da che Ilsea per la prima volta aveva posto piede sulla ruota del mulino, quando una nobile famiglia di conti prese possesso della vallata. Questa famiglia dominò per lungo tempo anche sull'Ilsemburg, e la piccola Ilsea la serviva, come molti secoli prima aveva serviti i fabbri ed i carbonari. Ma quando il castello cominciò a cadere in rovina, e che i conti di Stolberg n'ebbero scelto un altro più solido per fissarvi la loro dimora, ebbero cura che la principessa Ilsea e la sua cara vallata non avessero a soffrire cambiamenti. Nuovi lavoranti continuamente venivano a stabilirsi nel bacino d'Ilsea e d'accordo con essa s'occupavano ad estrarre il ferro solido, questa nobile midolla delle montagne, a batterlo, e darle infine tutte le forme che potessero servire ai bisogni degli uomini.

Allora si poteva vedere la piccola Ilsea lavorare senza tregua da mane a sera, senza mai annoiarsi, né affaticarsi della sua opera faticosa. Ma colui che l'incontrava nella valle nel momento in cui, raggiante di tutta la sua purezza usciva dalla foresta, colui avrebbe subito riconosciuto in essa la principessa dell'acqua la più pura, la figlia della luce, ed avrebbe dovuto renderle omaggio dal più profondo del cuore. Ma la piccola Ilsea non era ancora diventata una santa, e quando il buon Dio faceva scrosciare sovr'essa l'uragano che scompigliava le sue acque sino al fondo, mettendo allo scoperto tutti i peccati nascosti, tutte le mancanze segrete di cui non è esente nessuno, per quanto sia di nascita elevata, essa, vedendo le sue onde intorbidite, ne provava estremo cordoglio. Ma come ognuno dovrebbe approfittare degli uragani che capitano nella vita per conoscersi e purificarsi, così Ilsea ne approfittava, per conoscere i suoi difetti e per sbarazzarsi di tutto ciò che di torbido aveva in se stessa; e allora più vigorosa e bella, rifletteva con forza e limpidezza maggiore la luce del cielo.

La piccola Ilsea soffrì un altro gran dolore e in questi ultimi tempi, quando in forza del progresso sempre crescente della coltura, una gran strada risalì la vallata, scavò il verde suolo della foresta con vanghe e zappe, distrusse un'altra massa di alberi magnifici, ed a mezzo d'armi taglienti si tracciò una via che non poteva conquistare che colla violenza. – Assolutamente non sopporterò ciò! È troppo sgradevole! esclamò la piccola Ilsea, è egli possibile che questa insipida persona vada da un anno all'altro, strisciando così con tutto suo comodo presso di me e camminando a passo di tartaruga, darsi l'aria di volermi padroneggiare? Mi sembra già di sentirla gridare con tono severo e pedantesco: «Adagio, Ilsea, adagio; non andare troppo vicino ai fiori, non saltare così, Ilsea, guardami dunque com'io cammino in modo ben più composto di te». Ah! il bravo sentiero della foresta è tutt'altro compagno quando, girando l'angolo della rupe, sotto l'ombra verde delle querce, mi fa segno di raggiungerlo. – E la principessa nella sua petulante collera si gettava schiumando contro i massi di rocce che proteggevano la strada e avrebbe voluto vederle crollare e rovesciarsi sul suo nemico. – Ma Ilsea, Ilsea, le gridò il pino, che cosa significano tutte queste fanciullaggini? Non hai ancor capito che noi dobbiamo sopportare con rassegnazione tutto ciò che torna utile e profittevole all'uomo? Non piace nemmeno a noi alberi di vedere questa dama con quella sua lunga coda color della polvere risalire la montagna; eppure non ce ne lagniamo, e tu ancor meno di noi dovresti lamentartene. Non te ne vergogni? Guarda come ridono alle tue spalle le streghe che stanno dall'altra parte della montagna!

Da quando l'uomo aveva piantata la sua dimora sul Broken, il demonio vi era scomparso; le piccole streghe e i diavoletti si erano sparsi attraverso i paesi sotto diversi travestimenti, prendendo le forme le più gentili e seducenti per ingannare le povere anime e trascinarle nel loro tetro impero. Molte di quelle streghe però serbavano rancore alla principessa, ricordandosi che quand'ella fu sul Broken le aveva eclissate colla sua bellezza e colle sue grazie, così ogni estate esse discendevano nella valle per spiarla ed alienarle i suoi amici, se non potevano far di peggio. Trasformate in fiori digitali de' quali mettevano la magnifica veste rossa, queste streghe se ne stavano con tutta civetteria aggruppate al sole sul libero pendio della montagna; facevano segni d'intelligenza alle felci e chiamavano le campanelle turchine per spiegar loro che i digitali e le campanelle erano prossimi parenti. Le campanelle però, che vedevano le gocce di mortale veleno rinchiuso nel fondo dei loro calici brillanti, scuotevano dolcemente la piccola testa, e, discendendo verso Ilsea, pregavano le felci di mettersi accanto a loro e di spiegare su esse i loro ventagli per toglier loro la vista di quella brutta genia. La principessa allora timidamente alzava gli occhi verso quelle maledette, e quando passava vicino a loro, mormorava sommessamente le sue orazioni. Lodava e carezzava invece le fedeli campanelle e le buone felci, e quando le sembrava che le pietre ch'essa incontrava per via slanciassero sguardi troppo vivaci sui fiori delle streghe, gettava loro bruscamente sulla testa il suo velo d'argento e le accecava di sfolgoranti raggi di luce ch'essa afferrava a bella posta per gettarli in faccia a loro.

In quanto poi alla gran strada, se la principessa Ilsea non poteva impedirle di passare per la vallata, cercava almeno di avere con lei i minori rapporti possibili. Serpeggiava attraverso i passaggi più ombrosi e nascosti della foresta, si nascondeva ai suoi sguardi, e quando credeva di essere sfuggita completamente alla sua polverosa compagnia, si precipitava impetuosamente sulle rupi; ma giusto allora correva dritta ad incontrarla, e la strada in tal caso, gettavale un ponte sopra, ed essa doveva scorrere curva sotto il suo giogo, frenando il suo cattivo umore per giungere più presto sotto il cielo e l'aria libera; meno male che le collere di quella fanciulla erano di breve durata! Poco dopo essa scorreva lenta e calma accanto alla gran strada baciando umilmente i piedi dell'Ilsenstein sulla sommità del quale sta piantata una croce. Ma la piccola Ilsea non è morta e continua ad adempiere il suo modesto compito presso i mulini e le fucine della vallata.

Alla domenica, quando i mulini sono fermi, e gli attivi abitanti della valle d'Ilsea abbigliati a festa salgono sullo Schlossberg per pregare nella vecchia cappella, si ode la voce argentina della principessa che unisce il suo dolce mormorio al suono delle campane e degli organi che, sfuggendo dalle mura del vecchio castello, si spande per la vallata.

XII

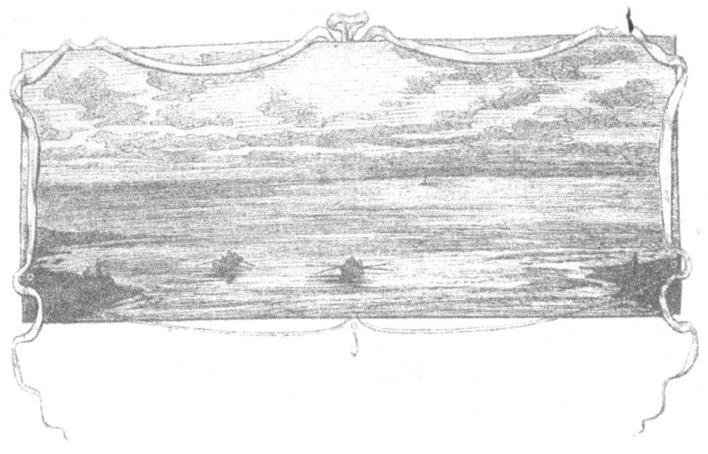

## XII.

Sono ormai scorsi molti secoli che le acque della piccola sorgente portano nella valle la felicità ed il ben essere, eppure essa nulla ha perduto della sua freschezza e della sua naturale grazia, perché ella ha bevuto alla sorgente inesauribile dell'eterna giovinezza, a quella sorgente che nasce dall'utile ed assiduo lavoro ed è favorita dalla luce celeste. In tal modo la principessa Ilsea insegna agli uomini che cosa può ancora divenire una fanciulla guasta e traviata quando la sua anima è libera dal demonio dell'orgoglio. E, quando gli uomini, lasciando per poco il faticoso cammino della vita di ciascun giorno vanno nella sua vallata per trovarvi un'aria più pura, essa li rallegra coi dolci ricordi del paese dove hanno scorsa la loro infanzia, e li fa ridiventare fanciulli spensierati e confidenti per tutto il tempo che si trattengono nella sua profumata foresta, dove il verde è più bello e l'aria più salubre che in qualunque altra parte del mondo.

Ormai essa non teme più né il diavolo né le sue streghe. Si degna persino, e senza falsa vergogna, a far la parte di principessa Acqua di cucina, e quando all'estate gli abitanti della valle vogliono prendere il caffè sulla panchetta di muschio ai piedi dell'Ilsenstein, essa senza timore sale nel piccolo camino barcollante, lascia tutti gli onori alla massaia che ha preparato il pranzo, non reclamando per sé né lode né profitto, dimanda solo per compenso che coloro che hanno avuto il delizioso piacere di bere del caffè preparato colle sue acque saporite, assegnino una piccola rendita di zucchero ai topi dei campi. Questi topi abitano nelle fessure dei banchi di pietre, coperte di muschio, che servono di sedili ai visitatori; scendono in linea retta da quelli che hanno forato il Broken da cima a fondo, scavando quello stretto canale pel quale la principessa Ilsea è scappata nella valle in un'epoca che si perde nella notte dei tempi. Tutti i viandanti si recano a far colazione ad Ilsenthal, non avranno certamente l'onore di vedere quella bestiolina mostrare il suo nasino aguzzo ed i suoi brillanti occhietti, perché il topo dell'Ilsenthal, ha tutta la timidezza della sua razza, e non si mostra che a' suoi vecchi amici. Ma colui che saprà scorgerlo, è obbligato, sotto pena d'incorrere nella collera d'Ilsea, di dargli dello zucchero o qualunque altra ghiottoneria che gli uomini amano mettere nel caffè ed i topi rosicchiare nelle fessure delle pietre. Quest'accordo è stato concluso in un bel giorno del mese di agosto, nell'anno di grazia 1851. Il testo fu depositato, rivestito di suggello autentico, sotto l'Ilsenstein e nel circolo dei visitatori dell'Harz, che, in quel giorno, hanno sfamato il topo dei campi.

Il racconto non può aggiungere altro. Esso ha fatto il suo nido nella verde vallata, in mezzo alle rupi, e non gli passa mai per la mente il pensiero di seguire la piccola Ilsea sino alla pianura dov'ella incontra l'Oker e l'Eker e poi l'Eller, i quali finalmente la conducono a raggiungere il vecchio Weser. Basti dire che l'Oker e l'Eker e tutte le acque piccole e grandi che vanno a gettarsi nelle sue braccia, il vecchio Weser le trascina nel mare. Il racconto vorrebbe pur sapere quale emozione deve provare una povera e piccola goccia d'acqua come Ilsea quando, ricuperati i sensi, si vede perduta così nel mezzo del vasto Oceano.

# INDICE

www.ingramcontent.com/pod-product-compliance
Ingram Content Group UK Ltd.
Pitfield, Milton Keynes, MK11 3LW, UK
UKHW020237250726
13967UKWH00001B/419